吉竹伸介的 那個 智慧筆記

文·圖 吉竹伸介

suncolor
三采文化

前言

大家好，
我是插畫家吉竹伸介。

非常感謝各位購買本書。

1.

我把這本書定位為上一本作品《胡思亂想很有用：吉竹伸介的靈感筆記》的續集。

由於上一本書出乎意料受歡迎，出版社方面似乎也變得「貪得無厭」，打算製作續集。

2.

這本書的內容跟上一本一樣，將我自己平時隨手畫下的插圖附加解說，整理成散文集。

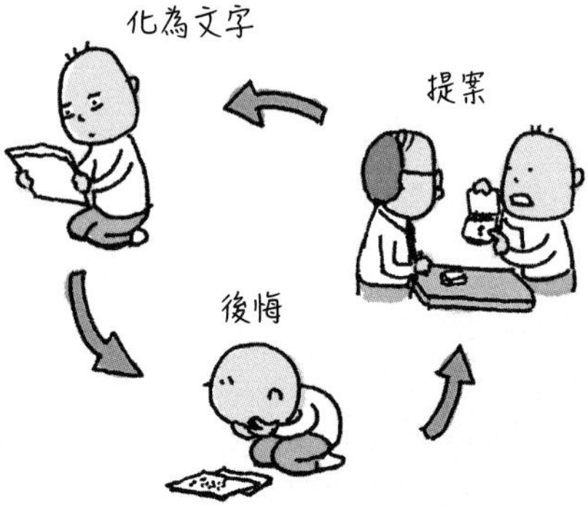

即使沒有讀過前作，
也不影響理解內容。

3.

我原本就被各種欲望包圍，
撰寫這本書時，又出現了新的欲望。
那就是希望大家能「先不讀解說，直接看插畫」的欲望。
請您先不沾醬嚐嚐看。
那就不用了。
4.
我在每一章的最後安插了速寫專欄，裡面只有隨機排列的幾張插圖。
~欲望與欲望的衝突場面~
我希望這邊單純放插圖就好……
但我們出的是散文集啊……
5.
我想有些地方大家可能會看得一頭霧水。
保有包容他人的心境，
才是邁向世界和平與健康的捷徑。
誠摯希望各位讀者能展現您最大的寬容以及溫柔，給我溫暖的支持。
6.

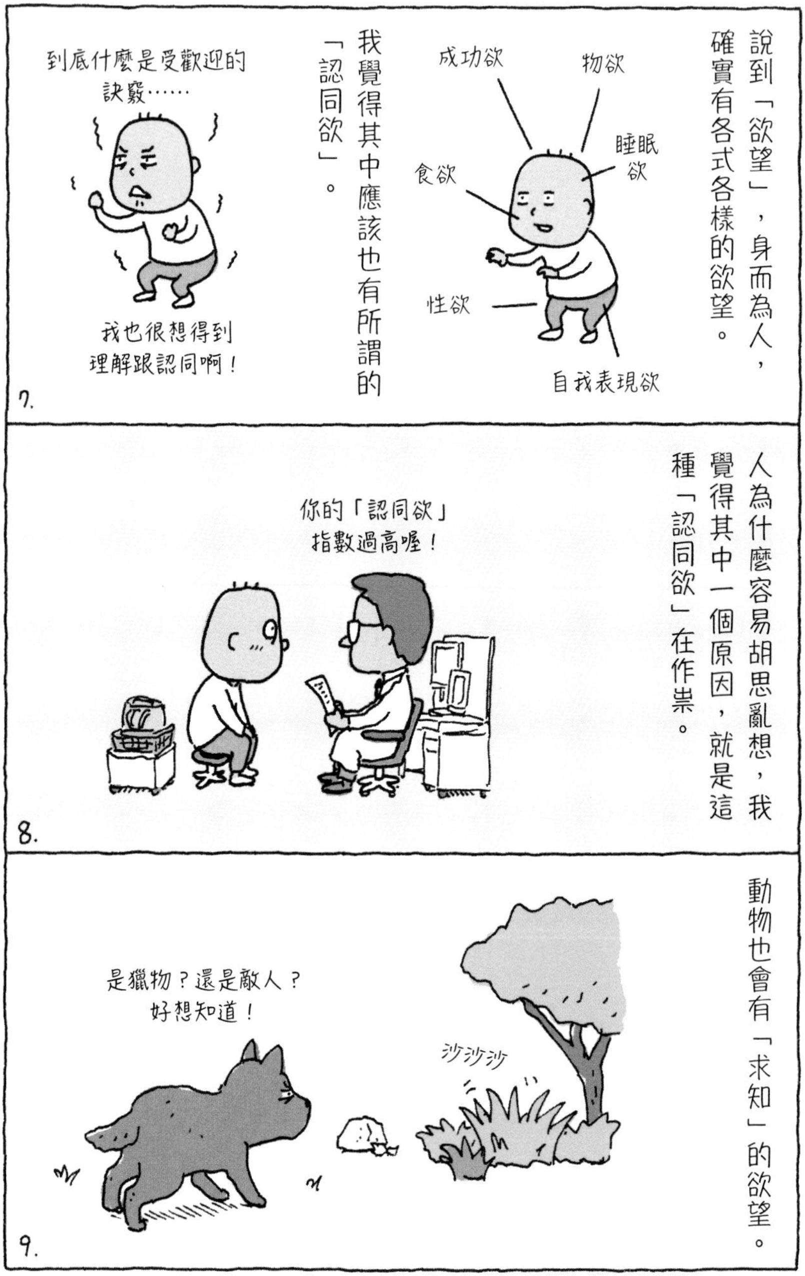
說到「欲望」，身而為人，確實有各式各樣的欲望。
成功欲
物欲
睡眠欲
食欲
性欲
自我表現欲
我覺得其中應該也有所謂的「認同欲」。
到底什麼是受歡迎的訣竅……
我也很想得到理解跟認同啊！
7.
人為什麼容易胡思亂想，我覺得其中一個原因，就是這種「認同欲」在作祟。
你的「認同欲」指數過高喔！
8.
動物也會有「求知」的欲望。
是獵物？還是敵人？好想知道！
沙沙沙
9.

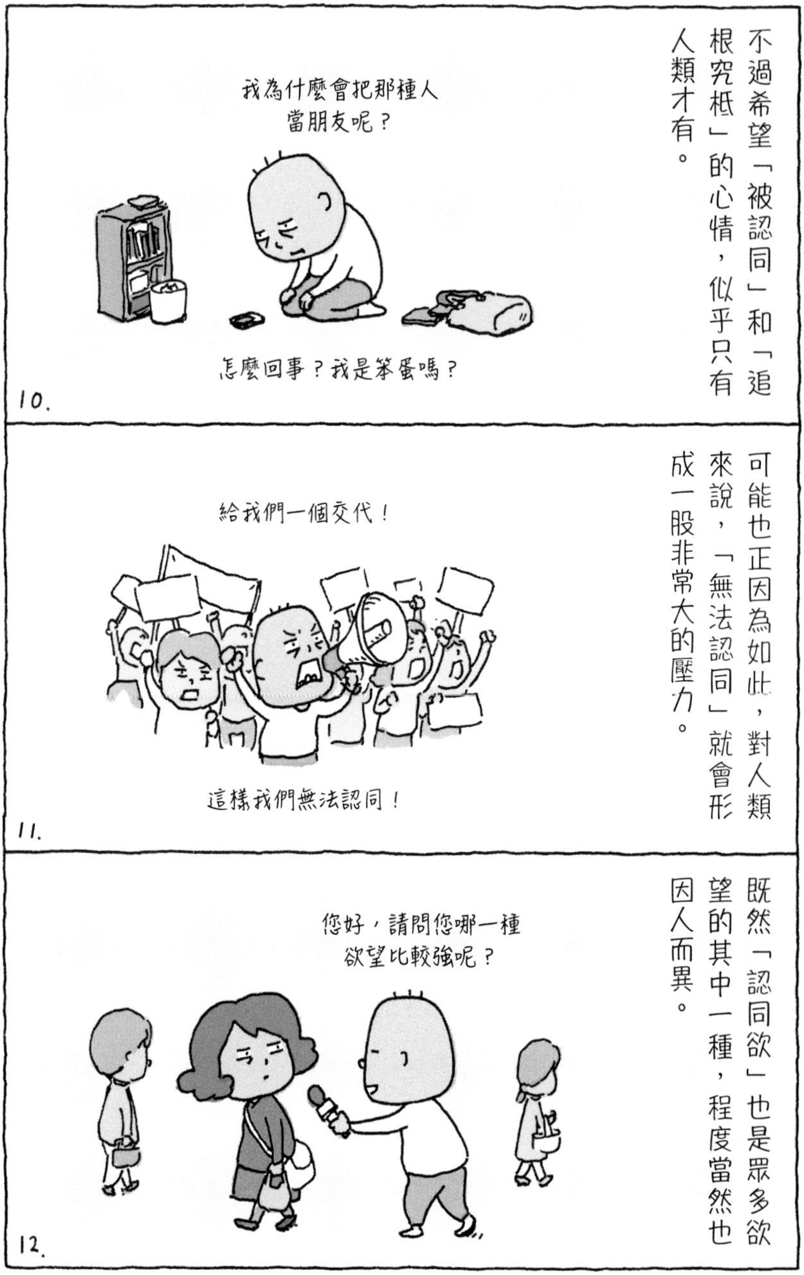
不過希望「被認同」和「追根究柢」的心情，似乎只有人類才有。
我為什麼會把那種人當朋友呢？
怎麼回事？我是笨蛋嗎？
10.
可能也正因為如此，對人類來說，「無法認同」就會形成一股非常大的壓力。
給我們一個交代！
這樣我們無法認同！
11.
既然「認同欲」也是眾多欲望的其中一種，程度當然也因人而異。
您好，請問您哪一種欲望比較強呢？
12.

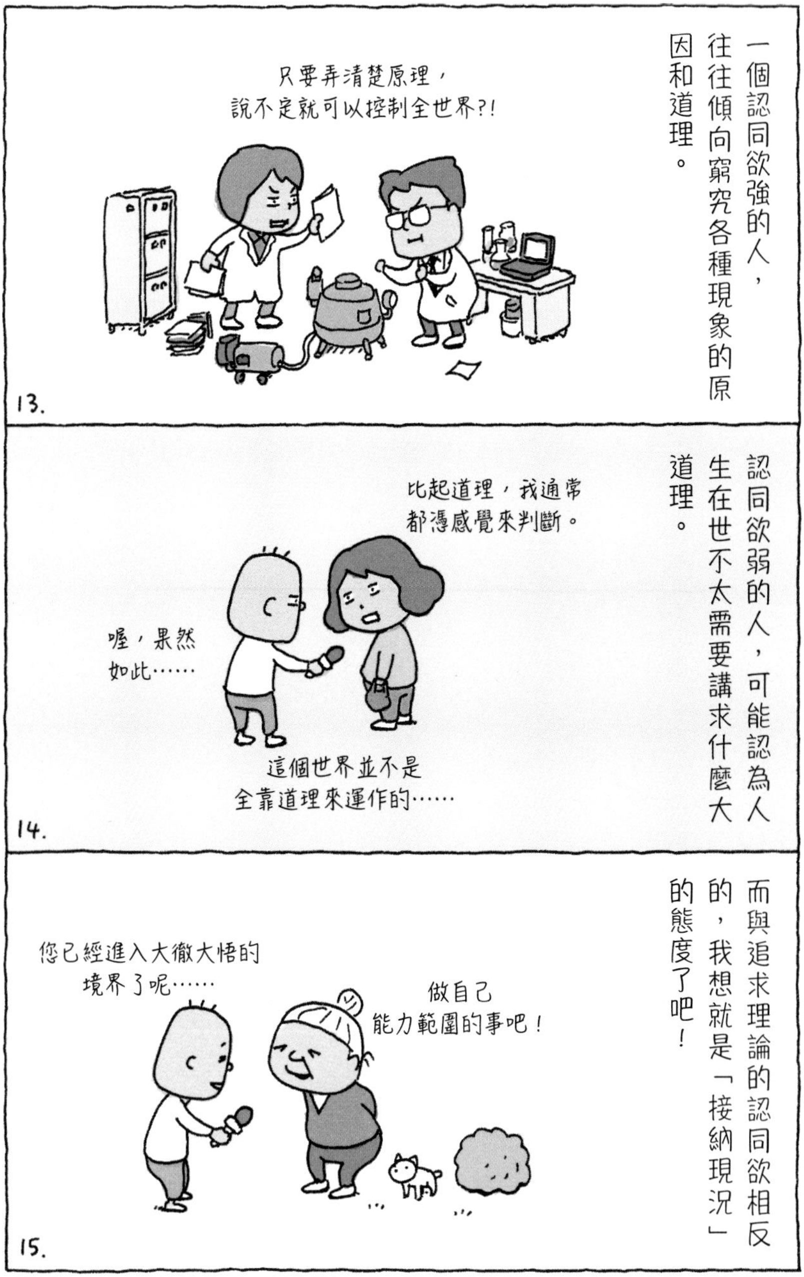
一個認同欲強的人，往往傾向窮究各種現象的原因和道理。
只要弄清楚原理，說不定就可以控制全世界?!
13.
認同欲弱的人，可能認為人生在世不太需要講求什麼大道理。
比起道理，我通常都憑感覺來判斷。
喔，果然如此……
這個世界並不是全靠道理來運作的……
14.
而與追求理論的認同欲相反的，我想就是「接納現況」的態度了吧！
您已經進入大徹大悟的境界了呢……
做自己能力範圍的事吧！
15.

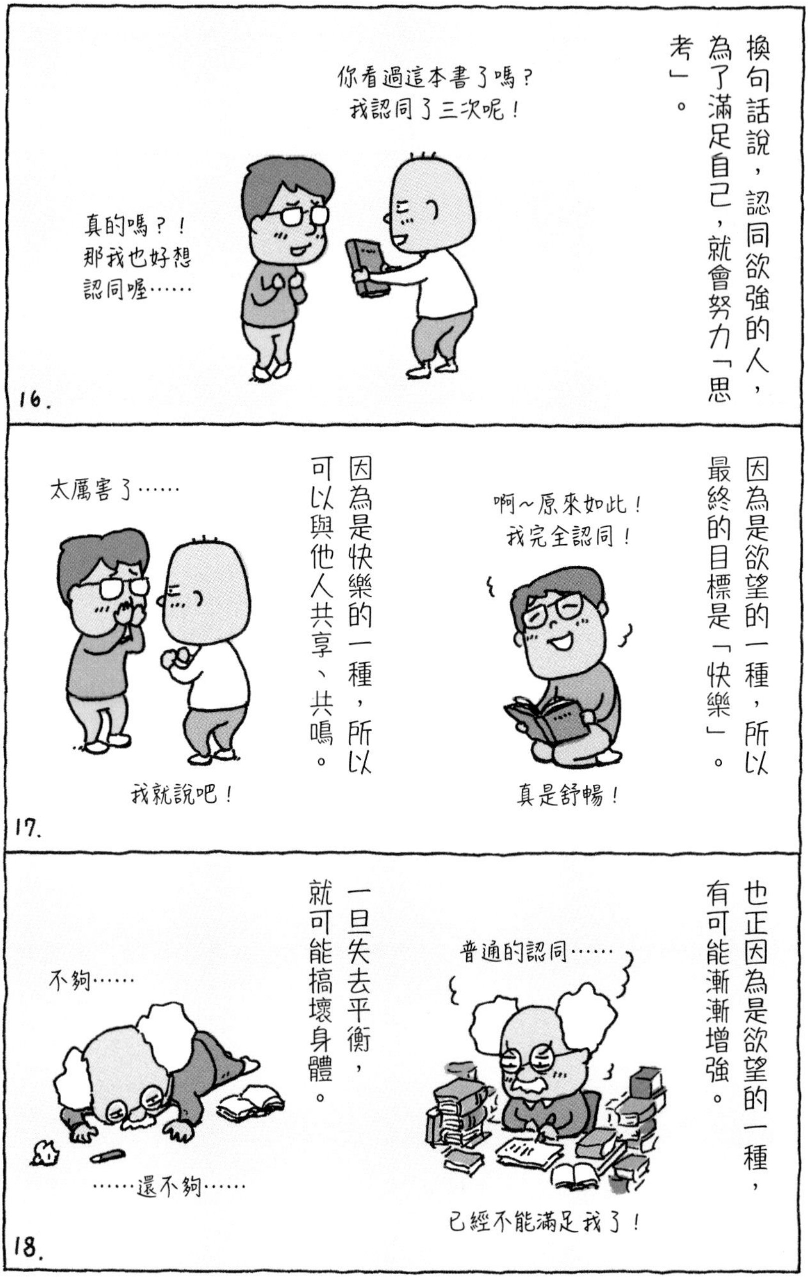
換句話說，認同欲強的人，為了滿足自己，就會努力「思考」。
你看過這本書了嗎？我認同了三次呢！
真的嗎？！那我也好想認同喔……
16.
因為是欲望的一種，所以最終的目標是「快樂」。
啊～原來如此！我完全認同！
真是舒暢！
因為是快樂的一種，所以可以與他人共享、共鳴。
太厲害了……
我就說吧！
17.
也正因為是欲望的一種，有可能漸漸增強。
普通的認同……
已經不能滿足我了！
一旦失去平衡，就可能搞壞身體。
不夠……
……還不夠……
18.

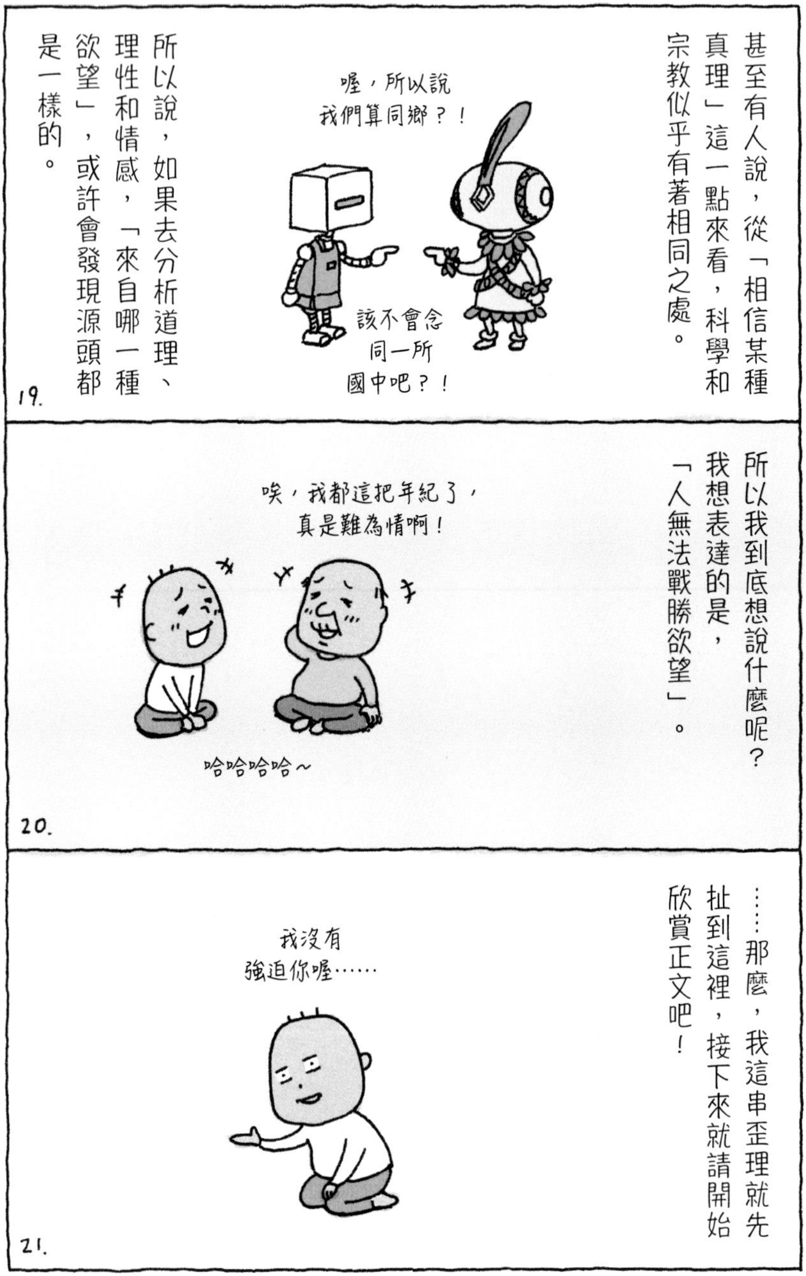
甚至有人說，從「相信某種真理」這一點來看，科學和宗教似乎有著相同之處。
喔，所以說我們算同鄉？！
該不會念同一所國中吧？！
所以說，如果去分析道理、理性和情感，「來自哪一種欲望」，或許會發現源頭都是一樣的。
19.
所以我到底想說什麼呢？我想表達的是，「人無法戰勝欲望」。
唉，我都這把年紀了，真是難為情啊！
哈哈哈哈～
20.
……那麼，我這串歪理就先扯到這裡，接下來就請開始欣賞正文吧！
我沒有強迫你喔……
21.

目次

第1章 在家和外出，源源不絕的欲望

ATM

第2章 父親和兒子，源源不絕的欲望

第3章 從早到晚，源源不絕的欲望

書籍設計・色彩　浅妻健司

我超想要那個

機會難得，

不如解放欲望吧……

第1章

在家和外出，源源不絕的欲望

出現欲望時的臉

這是出現一點小欲望時的臉。

比方說，再拿一塊點心應該無所謂吧？稍微多睡一下子沒關係吧？人類總是隨時有出現欲望的瞬間。

因為有欲望才會成功，不過也因為有欲望才會失敗。我有時候會想，當自己心中出現欲望的那一瞬間，會是什麼表情？

繼續寫下去，說不定可以成為作家？如果不動聲色，再多拿一個也不會被發現吧？

遇到這種「喔？說不定行得通？」的時候，人往往會出現很難形容的表情。假如有一本寫真集，專門收集這種出現欲望的瞬間表情，我一定二話不說馬上買下來。

啊！這個人的欲望跑出來了，他現在心裡一定是以為十拿九穩沒問題了。真想看看各式各樣的這種表情！不過該怎麼拍下那一瞬間，才是最大的問題。

我總是這樣，沒頭沒尾，想到什麼就畫什麼。

想在上午解決掉的事

有些事，

就是想在上午解決掉。

前幾天假日時，因為要洗雙人床單，所以我去了投幣式洗衣店，沒想到店裡人山人海。

結果大家想的都一樣。平日工作，假日時心想該洗衣服了，上午解決掉這些瑣碎家事，下午就能出去走走，所以投幣式洗衣店人最多的時段，就是假日的上午。

店裡的大嬸告訴我平日下午最空閒，因為這個時間大家都在工作。

當我知道有些事人們就是想趁上午解決掉時，聽了也覺得很有道理，「嗯，沒錯、沒錯」，感覺自己似乎發現了什麼很重要的道理，就彷彿揪住什麼重要東西的尾巴一樣，我想這或許可以成為很好的商機。

除了洗衣服等瑣碎的家務，一定還有不少類似的事。

怎麼樣？

喵～（妙～）

「怎麼樣？」

「妙——」

不管問貓什麼，他都會回答你「妙」。
無論穿什麼，他都會告訴你，穿得妙。
真想養一隻這樣的貓啊！

衛生紙的袋子，
都是用手撕開的吧～

衛生紙的袋子，

大家都是用手撕開的吧？你是怎麼做的呢？會拿剪刀剪開嗎？

我總是嫌麻煩，順手一拉隨意扯破。我總覺得那個袋子就是要給人撕的，大家應該也都一樣直接撕開吧！

其實我只是覺得，難道那個袋子不能設計得更好一點嗎？要抽出第一包不太容易。不過我也覺得，不斷嘗試各種開封的方法，也是人生的一部分啦！

光是這樣，

就有15%耶！

「光是這樣，

就有15%耶！」一位大嬸超激動地這麼說。

她坐在隔壁桌，我只能聽見這句話。轉頭一看，只見她手舞足蹈，反應相當誇張。嘴上說著：「光是這樣，就有15%耶！」

很好奇吧？到底是指什麼呢？但我終究不知道答案，聽到的就只有這句話而已。

我們好像經常會遇到這種狀況。

有些資訊會不經意地入耳，之後這位大嬸做了什麼決定？對這15%有什麼期待？連在旁邊聽的我都跟著亢奮了起來，莫名覺得這樣真好。聽到的那個瞬間，我不知為何覺得說不定明天會發生好事，說不定這個世界也沒那麼糟。

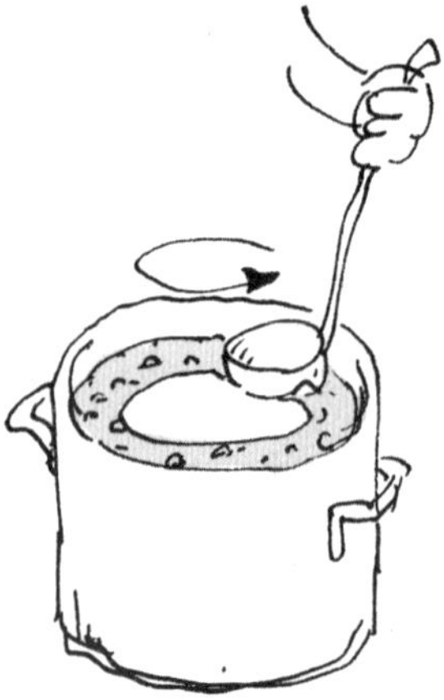

將浮在表面的各種東西
（仔細地）
撇開後再舀湯

拉麵店的湯頭

通常會用很大的圓鍋煮好備用。湯鍋表面浮著蔥和豬骨浮沫等，要舀湯的時候得先用湯勺撇開這些東西。

我很愛看這個過程，總是看到出神。真正想要的是下面用許多食材熬煮出來的清澄湯汁，不過湯的表面漂浮著一大堆食材，如果貿然一勺子舀下去，就會連這些不需要的食材也一起舀起，所以需要這道工序，先將浮在表面的各種東西仔細地撇開後再舀湯。

創作作品也一樣。要表現出真正想說

的話、想傳達的訊息，和覺得有趣的點子，首先得去除多餘的東西。

我坐在拉麵店裡思考，覺得仔細去除多餘的，只留下最想讓人品嚐的部分，這種工序可以說是創作過程中最困難、也最重要的一步。

我們總是會一不小心連表面多餘的部分也一起舀起，但是如果不撇開這些東西，可能無法傳達出真正的本質，流失東西的美味。能夠漂亮完成這一連串工作，會是何等暢快！我覺得創作作品也是一樣的道理。

感謝提醒專員
回想起來，
這件事真的
很值得感謝呢！
不覺得
很謝謝他嗎？

我覺得應該要有一種職業，專門教孩子們感恩。他們身高只有一般人的一半，稱為「感謝提醒專員」。

不用挖苦的語氣，而是極其自然地提醒：「回想起來，這件事真的很值得感謝呢！」讓人心中湧現出感謝之意。

換句話說，我覺得需要有人用不會過度強勢、過度說教的方式，來告訴孩子們：「媽媽為了你這麼努力，應該更感謝媽媽才對。」

如果是媽媽開口說，孩子們一定不覺得該感謝，但如果有一個第三者對他們說：「難道你不覺得這很值得感謝嗎？」或許孩子會出乎意料地坦然接受：「嗯，說得沒錯。」

如果是在公司，感謝提醒專員還可以幫忙提醒職場前輩：「那個新人雖然有些缺點，不過還會幫忙做這些事，這麼一想也該謝謝他呢！」然後當他如風一般地離開後，前輩就會罕見地對新人說：「平常都多虧了你，真是謝謝啊！」

假如世界上有這種不偏袒任何一方立場的中立角色，能喚起人對彼此的感謝之情，進行巧妙的提醒，那麼這個社會應該會更加和諧美好吧！

這就是這份職業的工作內容。不過，不知道該由誰來發他薪水？

為什麼不順利呢？
原因很有可能是
「掌握方法不對」吧！

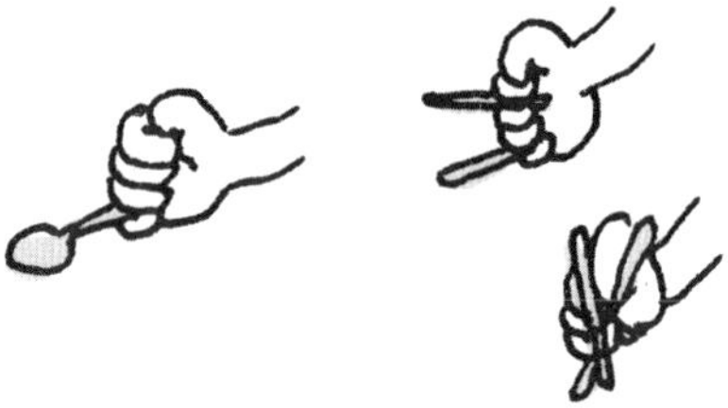

為什麼不順利呢？

原因很有可能是「掌握方法不對」吧！

事情進展得不如預期時，我覺得重要的是先懷疑自己，說不定打從一開始的方法就錯了。

我家孩子不太會用筷子，仔細觀察後我發現，通常是因為握的方法錯誤，所以我常提醒孩子，要拿上面一點才夾得住東西喔！

跟拿筷子的道理一樣，我發現事情進行得不順利時，往往都是因為掌握的方法不太對勁。

如果有人能好好教會我們掌握方法、面對事情的態度，或許很多事就能進展得順利一些吧！

畢竟這就是我本人，

總不能放棄治療吧！

畢竟這就是我本人，

總不能放棄治療吧！我經常會胡思亂想，不停鑽牛角尖。

有時我也會對這個老是優柔寡斷、三心二意的自己覺得厭煩，但不管怎麼說，我也不可能擺脫我自己，最後總是會繞回這個結論。

人無法對自己厭煩。

人往往會誤解，覺得改變環境後情況可能會好轉。不過到頭來，不管走到哪裡，我就是我，我們不可能把一切重設歸零。既然生而為人，也只能設法順應這種狀況，在心中一笑置之。畢竟是自己本人嘛！

我向來不靠近引力太強的東西

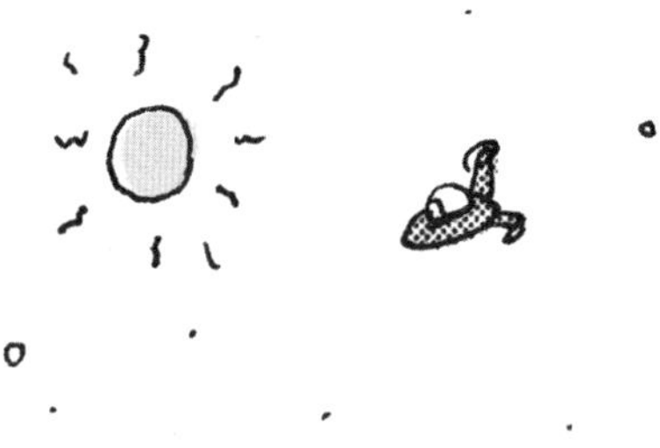

深怕一靠近就離不開

這個世界上有些人、思想、團體、說法的影響力特別強，這些東西都具備強大的引力。

上了年紀之後，我的體力漸漸衰退，難以逃離這些強大引力。我開始擔心，萬一接近引力太強的人，可能會無法掙脫那個引力圈。

上了年紀的人，一旦投入新興宗教往往很難清醒，所以說，人不管活到幾歲，一樣都可能被過於強大的力量吸引。

被吸引過去之後，如果想回頭，就得具備脫離引力圈的強大力量。我希望大家最好能了解，萬一自身能量不足，就很難離開這種引力圈。

年輕時很容易佩服某些人的思想，或者沉迷於閱讀同一個人的作品，受到散發出的魅力吸引，而有所牽動影響。畢竟年紀還輕，一下子往東一下子往西也還無妨，但現在的我已經辦不到了，所以最近我盡量避免靠近引力太強的東西。

當然啦，受到強大力量所吸引因此一去不回頭，也可能是一種樂趣，
不過以我自己來說，我更擔心最後自己會變得不像是自己。

那為什麼要如此用心維持自我呢？如果有人問我這個問題，我大概也
不知道該怎麼回答，因為這個自己真的沒什麼大不了的。
可是我想大家應該都會害怕自己變得不像自己吧？
充滿魅力的東西，我想還是遠觀欣賞就好。

來吧！
今天也要打起精神來
看別人臉色喔！

「來吧！今天也要打起精神來看別人臉色喔！」

「好！」

這是早上起床，對自己精神喊話的第一句話。

就是字面上的意思，不需要什麼多餘的解釋。我想人出了社會之後，每天就只專心在做這件事。

我的願望清單之一。

希望有一間房間，它的天花板上倒吊著一把大梳子。

房間另一邊是廚房，早上起床後，我只要衝過梳子下前往廚房，就可以同時梳理頭髮，變得滑滑順順。

很方便吧！睡醒的亂髮只要經過梳子下方就能梳整好。真好，有沒有人願意開發這種產品呢？

你現在這樣就很好，
不要緊的。

不要想太多。

除了感謝專員，

我們還需要肯定專員。

偶爾需要有人對我們說：「你現在這樣就很好，不要緊的」以及「不要想太多。」

你原本的樣子，就很好了。

其實仔細想想，你做的那些事都是有其必要的，幸好你做了，那真的對未來十分有幫助呢！

肯定專員都是專家，這一行的重點在於「不做無謂的肯定」以及「標準不會太過寬鬆」，真希望可以馬上邀請專家來。

人喜歡平坦的地方，

動不動就想把地剷平。

我覺得人類心中，應該都有一種「水平欲望」。

從飛機俯瞰地面，會發現人只住在平坦的地方。人類會先尋找平地，假如遇到高山就將高山剷平，人也不太會住在山頂高處。

如果是蓋在坡道上的房子，也會刻意先鏟平成階梯狀後再蓋房子。雖然這是很理所當然的事，但每次看到這種地形，我就會覺得人真的很喜歡平坦的地方呢！

搭帳篷時也會先找水平的地面，只要稍微有點傾斜就會覺得不自在。人心裡一定潛藏著先找水平、把地鏟平的念頭。動物不管在什麼地方都能生活，不過人類首先得有平坦的地方。這就好像人類心裡不容動搖的水平至上主義，我覺得很有趣。

剛剛都還很完美

「剛剛都還很完美。」

前陣子走在路上，忽然聽到一位小哥這麼說。

光是這句話就可以聽出兩人的上下關係，還可以推測不久前的狀態，路過的我一下子就得到大量情報，感到心滿意足。

看起來是大樓裡的餐廳結束營業後，得丟棄沙發和椅子。如果堆疊得當，原本應該能把所有東西一次完美堆上卡車。

站在卡車上負責堆疊的應該是新手。前輩從店裡把沙發一個接著一個搬過來，忽然抬頭看了一眼貨台，發現堆得亂七八糟。被前輩狠狠瞪著的年輕小哥連忙辯解，剛剛都還很完美的。唉，年輕人，你加油囉！

即使沒有真的發生什麼好事，
只要有「幸福的預感」，
就足以支撐下去。

即使

沒有真的發生什麼好事，只要有「幸福的預感」，就足以支撐下去。看到老爺爺手裡拿著「大吉」笑得開懷，我不禁這麼想。

人就算沒有實際遇到任何好事，只要抽到大吉就會覺得自己很幸運，心中充滿幸福。因為大吉就代表即將有好事臨門，可能明天就突然有美女投懷送抱等，腦中充滿各種正向思考。

重要的並不是現實上到底幸不幸福，或是滿不滿足，而是心中是否能有「之後可能會獲得滿足」的預感，或許這才是真正決定幸福的關鍵。

其實如果真的發生了好事，我們通常很快就會忘得一乾二淨，也有可能一轉眼就膩了，儘管之後發生好事的機率相當低，但或許不只如此，說不定會發生更開心的事啊！一個人快樂的關鍵就在於，有沒有辦法在毫無確實根據的前提下這麼想。說穿了，希望就是這麼一回事。

人類啊，

你們每次用的衛生紙分量
實在太多了。

這是我自己

亂編的故事。有個外星人特地到地球來警告我們說：「人類啊，你們每次用的衛生紙分量實在太多了」。其實我太太的用量就非常大，還有面紙也是，她總習慣一次用兩張。

其實我是無所謂啦，這畢竟是個人的自由，我也不會阻止她的用法，但心裡總是有那麼一點點小疙瘩。所以我開始想像，說不定有一天，會有這種可怕的外星人降臨地球。

也就是說，我竟然要淪落到拜託外星人的地步，希望外星人能替我說出心裡的話。其實我大可自己開口，但如果我指名道姓對著人家說，對方一定會生氣，所以只好針對全人類來公告。對啦、對啦，我就是個卑鄙的膽小鬼。

聽好了，人生中重要的
道理只有一個。

那就是「不要把尖銳的
東西塞進耳朵裡」。

我讀了

寇特・馮內果
（美國小說家）

的作品，覺得非常有趣。

馮內果說：「我的工作就是對人生的千情百態喋喋不休，但是關於人生，老爸只告訴我一個重要的道理。那就是『不要把尖銳的東西塞進耳朵裡』這句話。」

他說得雲淡風輕，但一點也沒錯。

這句話的距離感相當絕妙，也很瀟灑。

於是我自己也試著想了一個。

立定遠大志向，放低標準妥協，細嚼慢嚥。

「立定遠大志向，放低標準妥協，細嚼慢嚥。」

我覺得這些很重要。

為了到達最後終點，實際執行時盡量將門檻放低，這樣才能持久。同時我也覺得，大家似乎都把目標設定得太高了。所以在思考這些事之前，我想先提醒大家，要細嚼慢嚥。

坊間商業書籍裡也經常會提到，真正想致富的第一步，就是馬上做簡單的事，從能著手的開始做。細嚼慢嚥，這件事每個人一定都做得到。

想要一副
能戴在心上的棉布手套

只要

戴上棉布手套，就能放心大膽觸摸許多東西，體感上是不是覺得很新鮮呢？

徒手摸落葉會覺得痛，但戴上棉布手套就不用擔心，疊套兩層之後，能接觸的東西就更多了，幾乎什麼也不用怕。只要想到不需要直接碰觸，心情就會輕鬆一點，得徒手去摸才會叫人擔心害怕。

想要一副能戴在心上的棉布手套。

假如自己的心裡也有類似這種能緩衝的東西，將它套在自己的想法外層，或許我們就能更放心地接觸各種東西了；假如心中也能跟戴上棉布手套時的身體反應一樣產生變化，那麼面對以往覺得不喜歡的人時，可能也會輕鬆一點。

只要套上棉布手套，其實有很多東西，我們都有機會實際去接觸呢！

如果人跟植物一樣就好了，

澆水曬太陽就能活。

如果人跟植物一樣就好了，只要澆水曬太陽就能活。

有時候，我真心希望人的成長也能套用這種簡單明瞭的因果關係。就像植物一樣，單純仰賴陽光和水而成長。

但人類可沒那麼簡單。

即使在相同條件下說同樣的話，對方接收到的訊息可能完全不同，也可能做出完全不同的反應，進而發生各種悲喜劇。我很羨慕像植物這樣，能單純將接收到的東西化為有形的成長，但這樣好像也有點乏味。

只針對有需要的部分
去除障礙。

下大雪時，

只有大家都需要通行的地方會除雪。這麼一來，就可以明確看出街道上平時會利用到的是哪些地方。也就是說，現在還留著白色積雪的部分，其實平時根本就不需要。

關東地區很少下雪，偶爾積了雪，就能夠由此窺探社會樣貌。年輕家族的門前雪，會很快剷乾淨；直到傍晚還留有積雪的，是想剷雪卻無能為力的人家；獨居爺爺、奶奶的房子也很容易辨識。雪讓很多事實都清晰地浮現出來。

這種時候也可以發現到某些生物本能般的能量，例如：對面鄰居人很好，具有強大的力量，連我家的雪都一起清理了。所以我很害怕下雪的日子，太多東西都一口氣迸發出來。

只針對需要的部分去除障礙。不覺得這種想法很有趣嗎？

大家生活在這個社會上，都在無意識間企圖排除障礙，而且是最小限度的排除。因為要排除太多東西太辛苦了，所以只會耗費少許勞力，做最低限度必要的事。

不過每個人、每個家庭所認為的「最低限度範圍」都不一樣。比方說如果家裡有車，那麼得清除的範圍就更大一些。

在人生中也一樣，除了雪以外，一定也有每個人心目中不同的障礙，我想大家每天應該也都過著剷雪般的生活吧！

這個人的人生中，在剷除什麼樣的障礙呢？

我們平時總是在下意識間剷除障礙，可能連動手的當事人都沒發現。

我心想，這些事有沒有可能像雪一樣，化為有形可見的狀態呢？

速寫專欄❶

本年度
「最不想當朋友獎」

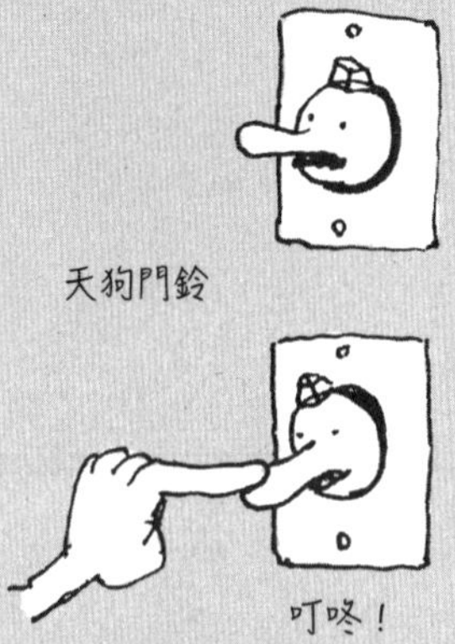

天狗門鈴

叮咚！

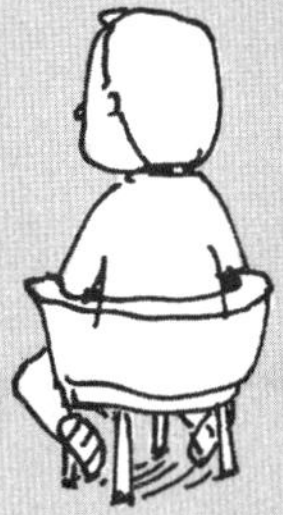

真是的……

本來以為
會更好吃的。

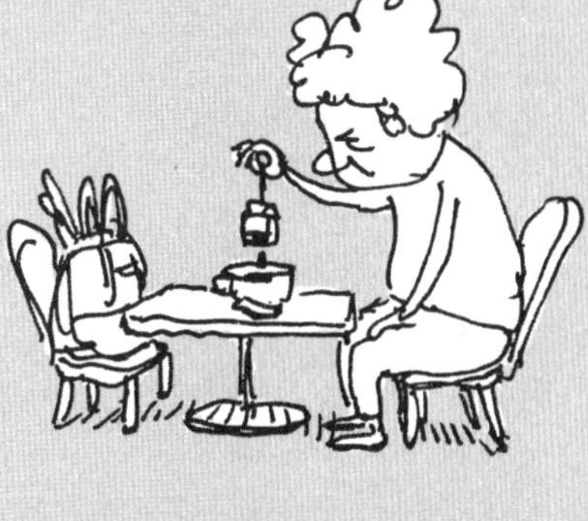

極度
懶惰的
團隊

我們是
營利團體

喀嚓、喀嚓～
喀嚓、喀嚓！

喀嚓、喀嚓！

得了無論何時
都會露出笑臉的病。

這方面也請
考慮一下啦！

如果寫假話，
人才來了也待不久。
如果照實說，
人才根本不會來。

公司介紹真難寫啊！

是的，沒有錯，
我喜歡胸部。

畢竟我是哺乳類。

被擺了臉色

「晚熟的天才」

如果是早熟的天才
聽起來就帥氣多了說……

你這個樣子，

到底是缺了什麼？

只有你覺得
高興吧！

打雜犬

所謂活著的節奏感，

該怎麼形容好呢？
就是這麼一回事吧！

誰發現真正的我，
就得被放逐。

在猶豫什麼？
到底在猶豫什麼？

恐龍的時代之後，
進入水母的時代，
但是因為沒有留下化石，
所以沒有人知道。

其實水母是種
充滿知性的生物呢！

輝煌的人生

支吾其詞的場景

啊……
對……
對啊……
嗯……
可以……
是可以啦……

月刊
天狗時代

拿著
&
等著

人生的參加獎

抱歉，
我從後面上菜。

抱歉，
我邊旋轉
邊上菜。

那就當我
是他朋友吧！

從今以後，
你一輩子吃的蘋果，
都鬆軟不香脆。

易冷不易熱

披著羊皮的羊

目前我心中的
黃金地段，

正在徵求進駐店家。

穿那種T恤的人，
有什麼資格說我？

月刊　空歡喜

一般公開

抱歉，
店長。

平坦物品同好會

虛擬小島

暖桌
&

階梯

虛擬度假

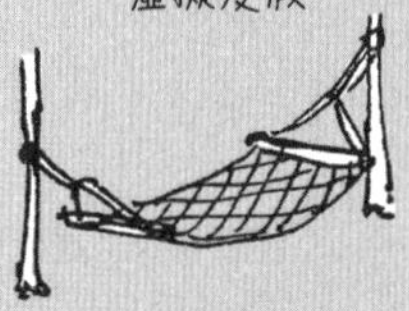

第2章

父親和兒子，源源不絕的欲望

在這個世界上，
我只會活100年左右。

我可是期間限定呢！

在這個世界上，

我只會活一百年左右。我可是期間限定呢！

很多人對當季的東西、特別活動等期間限定的東西，總是毫無抵抗力，這會不會是因為，我們自己本身也是一種期間限定的存在呢？

小兒子

愛吃甜食，動不動就會來徵求我的許可，

問我可不可以吃零食。

可以吃嗨啾嗎？

我可以吃嗨啾嗎？

明明不久前才剛吃過，他還是每次都不厭其煩地來交涉。

他不會偷偷吃這一點倒是挺守規矩的，每次都乖乖來徵求我的許可。這大概是一種獲得同意的欲望吧！我覺得很有趣，就畫了下來。

手裡一拿到大型物品，人（尤其是小孩）就會有些亢奮。

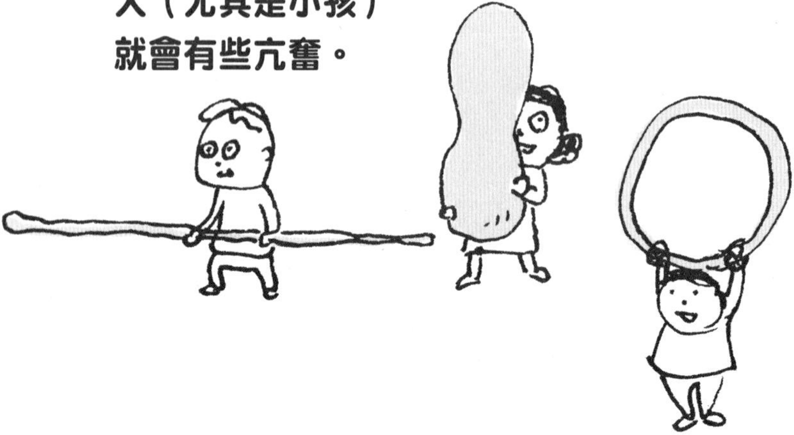

手裡一拿到大型物品，人（尤其是小孩）

就會有些亢奮。特別是小小孩更是如此，拿到長長的棒子，就會頓時嗨起來。看他們興奮到全身顫抖的樣子，可見大型物品拿到手有多開心。

運動會時，當老師要孩子們把自己的椅子拿到操場上，光是拿著椅子走路，就會覺得有點雀躍吧？拿著平時不會拿的東西，是不是就感到莫名興奮？

兩個人一人一邊搬動大桌子，也感覺有點愉快。等一下、等一下啦，先休息一下、再休息一下，兩個人互相提醒。這過程真不錯。雖然一個人也辦得到，但兩個人一起，偶爾會讓人覺得這樣的時間也挺好的。

兩個人一起摺床單的時候會覺得「嗯，有兩個人真方便」，搬運大型物品時，如果另一邊有人幫忙拿，也會覺得「喔～人類真是太厲害了！」不由得開心起來。

即使不為愛情，光是為了疊床單，兩個人生活在一起就挺不錯的。光是因為「容易折疊大件東西」這個理由，就是夫妻倆可以在一起相伴十幾年的理由。

我覺得從人類這種身體結構來剖析，或許能發現找回愛的方法。欸，話題愈扯愈遠了。

我以為狗都是男生，
貓都是女生。

小兒子跑來問我，

「爸，狗也有女生嗎？」

「當然有啊！」

「喔，真的嗎？」

他顯得很驚訝。

我好奇地問：「為什麼這麼問？」

他說：「我以為狗都是男生，貓都是女生。」

啊，好像有點懂。一位熟識的編輯也說過，小時候有過同樣的想法。

原來如此。看來這種孩子出奇地多呢！我是不一樣啦，但還是畫下這一幕，紀念我理解的一刻。

那你呢，你小時候又是怎麼想的？

咬咬椅子

這個可能要比我年紀再大一點的人才會懂。

其實也只是忽然冒出來的一句話。讓人忍不住想問：「所以呢？」這種「無謂感」剛好適合用插畫方式記錄下來，這就是速寫的精髓所在。

♪咬咬椅子～

這樣好玩嗎？

來到了沙坑。

每次帶孩子去公園，他們都會不斷重複把沙堆成山，然後剷平山頂，對他們來說這道工序似乎好玩得不得了，一直玩個不停。

我實在很好奇，這樣真的好玩嗎？看著孩子的行動有時很讓人驚訝。我可以理解他們愛玩沙的心情，但我自己可能無法玩那麼久，真是了不起。有了一顆糖就會高興得不得了，同樣的，有了一把沙子就能玩三十分鐘。你們的玩法還真是節能省電，其實也滿讓人羨慕的。

媽媽的ㄋㄟㄋㄟ有兩個，為什麼穿上衣服後就變成一個了？

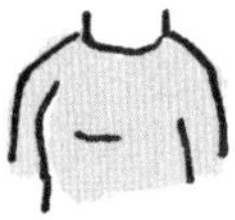

我家小兒子問我。

媽媽的ㄋㄟㄋㄟ有兩個，為什麼穿上衣服後就變成一個了？

喔，原來看在孩子眼中是這樣的啊！實際上胸部有兩個，可是穿上衣服看起來就變成一團，孩子似乎覺得這非常不可思議。

「到底是在哪裡黏起來的？」孩子的疑問讓我覺得很新鮮。

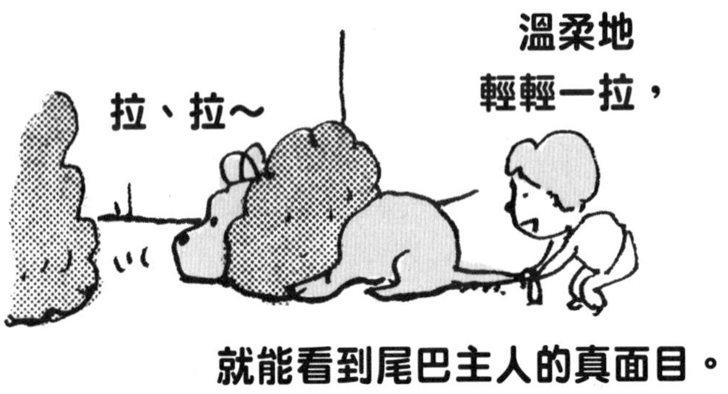
溫柔地
輕輕一拉，
拉、拉～
就能看到尾巴主人的真面目。

拉、拉～

溫柔地輕輕一拉，就能看到尾巴主人的真面目。不過如果拉得太用力，可是會把尾巴拉斷的。

是不是很像繪本裡畫的故事？我覺得這種故事開頭還不錯。但目前也只畫到這裡而已。

仔細觀察之後會發現，這個世界上許多地方都可以看到尾巴。平常我會畫下大量速寫保留下來，其實為的就是這個。只要用心去找，就可以發現很多地方都藏著有趣的東西，好像是這世界的祕密一樣。比方說圍牆的縫隙，或是上班族大叔的襯

拉得太用力，
可是會把尾巴拉斷的。

衫一角等。

這些地方如果太粗暴去拉扯，就看不出什麼所以然，可是經過仔細考量後小心拉，就可以獲得不少靈感，例如：「為什麼這個人要穿這種衣服？」、「為什麼這個人想把頭髮留這麼長？」等。

為什麼說了那麼多次，這孩子還是經常忘記東西呢？在這些細微渺小的事件當中，一定藏著一個人的特色、人性，或者世界的祕密以及人類的癖好，我希望一條條輕輕拉出這些尾巴，看看尾巴到底屬於什麼樣的主人。

原來尾巴藏在這種地方啊！原來這樣

仔細觀察後會發現，
世界上許多地方都可以看到尾巴。

拉對方會生氣啊！假如能一一收集這些反應一定很有趣，「我發現了這條新尾巴，雖然尾巴很長，但一拉之下發現本體很小，真讓人失望！」假如把大家的經驗收集起來製作一本尾巴圖鑑，一定很有趣，那是個多麼和平的世界啊！

我猜想，獲得幸福的方法、忘卻痛苦的方法，多半也都連接在各種不同尾巴的另一端吧！

假如放著不管，尾巴永遠是尾巴，但實際上尾巴是龐大存在的一部分。那我們從這些尾巴上，可以讀取到什麼樣的訊息呢？

這是自己要仔細循線去找的，所以也要靠自己的品味或努力從這些本體上讀取到各種資訊。不過只要多拉幾次，漸漸就會愈來愈熟練。慢慢我們能從這些過程中發現，「其實我還挺喜歡這些東西」、「其實我很不能接受這種事」等。

我們隨時都可以開始尋找尾巴，也隨時都可以結束。在這當中還能發現自己覺得有意思的東西，我認為這實在是種能帶來慰藉的樂趣。

就算肚子爆炸而死也無所謂，
我就是想喝香蕉牛奶！

這不是

我家孩子發生的事，有一天在某間店裡聽到一個孩子正在拚命跟媽媽央求喝飲料。

這時媽媽生氣地說，你剛剛不是才喝過嗎？喝這麼多肚子會爆炸！

「就算我肚子爆炸而死也無所謂，我就是想喝香蕉牛奶！」

那孩子奮力爭取，他的心情我能理解。這種「只看眼前」的想法真是有趣。畢竟是別人家小孩，我也不能買給他喝，不過如果是我自己的孩子這樣說，我是絕對不會買給他的。

希望我能學聰明，
假裝自己已經完全忘掉。

也希望能學聰明，
假裝自己都清楚記得。

人生中

有很多「那一天」，也有很多放在心上，始終無法忘懷，卻很想假裝忘掉的事。有時候我會想，真希望自己能聰明地假裝已經忘記。反過來說，有些非常重要的事平常記不得，但我也希望自己至少能假裝記得。

一個不小心，很多不該忘的要事、或開心的事，馬上就忘記，但不記得也無所謂的瑣事或難過的事情，卻一直牢牢記得，人的記憶就是這麼不聽話。

希望我能學聰明，假裝自己完全忘掉關於那天的種種，也希望能學聰明，假裝自己都清楚記得。

重要的不是對不對，而是滿不滿意。

發了一大堆牢騷
總算滿意了。

摸了一次之後
總算滿意了。

有時候

孩子要求「想摸摸看那個」，如果出言阻止：「絕對不可以」，孩子就會哇哇哭個不停，不讓他摸一次就不肯罷休。教養孩子的過程中經常會發生這種狀況。

聽說失智症照護員工作的大原則，也是要盡力順從患者的要求。患者想做的事總之先讓他試試，然後再提出希望對方配合的事。

這個世界上真正重要的，果然不是正確與否。

重要的不是對不對，而是滿不滿意。

如果沒有達到讓對方滿意的條件，就

無法進入下一階段，這個道理在夫妻生活中也一樣適用。

假如我直接告訴太太：「妳這麼做一定會失敗」，太太也絕對不會聽我的，等到嘗試失敗之後她才會甘心。這時候她會很乾脆地說，原本想像的不是這個樣子。太太不接受因為別人的意見，導致自己的選項減少，雖然就結果來看，事情還是依照我的意見進行，可是在這之前如果不讓她試一次自己的方法，是絕對不會服氣的。她也不接受這種說法：「看吧，我早跟妳說過了。」

有時候太太會一直發牢騷，讓我聽得很煩，但如果不聽完她所有的牢騷，事情就無法進展。而且也不能對她說：「我現在很忙，妳能不能長話短說？」

上面這些道理我花了十年才搞懂。

總之，一切都要看她心裡覺得滿意了沒有。她還沒覺得滿意時，就不會把我的意見聽進去，我也無法做自己想做的事。想讓事情往好的方向順利推動，關鍵就在於能不能先讓對方徹底滿意，最後才有可能實現自己的想法。

假如劈頭先談「對不對」，就不可能順利進展下去。不只是夫妻，任何人之間的相處都是一樣的道理。

假如有個很愛心血來潮亂出主意的上司，對於上司的突發奇想，部下只需要稍微稱讚：「喔，這個點子也不錯呢！」上司就會心滿意足。「那麼我們下次來試試吧！不過這次預算不太夠，我們就先採用另外這個方案吧！」我覺得類似這種應付上司的方法還挺有效的。

總而言之，關鍵在於對方是不是覺得「滿意」。其實這個道理也適用於自己身上。我到底要怎樣才滿意呢？總之先睡個午覺？反正先道歉？假如這個決定能讓自己滿意，那就試試吧！

我曾經變成兩個喔！

我很喜歡這張圖。

是不是有很強烈的故事感？如果這是繪本的第一頁，一定會很想繼續往下看吧！「哇，有好多縫線喔！」、「太好了！順利接起來了！」之類的。

光是這樣我就覺得很好玩了，不覺得這畫面很有意思嗎？

我手邊有很多這種只畫了第一頁的速寫。

穿這件。

咦？是媽媽說的嗎？

小兒子

褲子髒了，太太要我替他換，我挑好褲子拿到兒子面前。

「穿這件。」

「咦？是媽媽說的嗎？」

他完全不相信我。身為家長，我的評價實在太低了。

不過對他來說，萬一穿上之後被媽媽說：「咦？你怎麼穿這件？」還是得再換一次，多麻煩。這褲子是誰選的？在孩子心中，如果是媽媽那就乖乖穿上，如果是爸爸挑的，那應該還不急著穿。

我的決定權是多麼薄弱！但孩子心裡也會想，實際上你就是曾經拿錯嘛！明明是夏天，怎麼拿了長袖來？他們經常看到太太這麼對我發脾氣。站在我的立場，確實也覺得：「好的，請容我先向上司確認一下。」

小兒子走進房間，要我幫他吹氣球。

覺得幸福的瞬間。

小兒子

走進房間，要我幫他吹氣球，這個瞬間令我覺得很幸福。

當時我還算是有閒情，小兒子突然走進我工作的書房，不知道想做什麼，只見他遞出一個氣球，要我替他吹。大概是他五歲左右的時候吧！那個時期他還不會自己吹，得靠我幫忙。

那時候孩子還需要父親。真沒想到，等到他自己會吹之後，就不再需要我這個爸爸了。

孩子能像這樣依賴自己，真的是為人父母最幸福的瞬間了。

真想成為懂得如何巧妙掩飾的大人。

當大人很好喔～
會遇到很多好事。
……只是我現在暫時
想不起來而已。

我以前很不喜歡長大。總覺得當大人很辛苦、很可怕、很累，一心希望永遠當個小孩。

我想要告訴跟以前的我有一樣想法的小孩，不不不～其實當大人也有很多當大人的樂趣喔，比方說可以盡情買自己喜歡的東西等。雖然有辛苦的地方，但是小孩子也有很多辛苦的地方，其實大家都一樣的。

就算半哄半騙也好，我想在理想中夾雜一些真實，讓孩子對長大這件事懷抱點希望。

假如能懂得如何巧妙掩飾，用搞怪有趣的方式來傳達赤裸裸的真實，應該可以大大改變孩子們對大人和世界的想像吧！

小孩

的好處，就是不管再怎麼髒，都可以從頭到尾一次洗淨。

不管多髒、不管多髒，都可以一次洗乾淨！

頭髮也是一樣。就算不用吹風機也馬上就會乾，衣服就算弄得滿是泥，也大半都能清洗乾淨。

育兒最辛苦的時期，到底什麼時候才會結束呢？雖然辛苦，但覺得基本上孩子可以全身上下同時洗乾淨，每天都能夠還原重設，真是挺不錯的。

本品可以一次洗淨。

速寫專欄❷

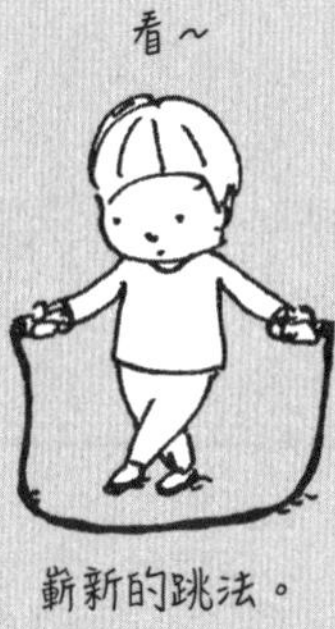

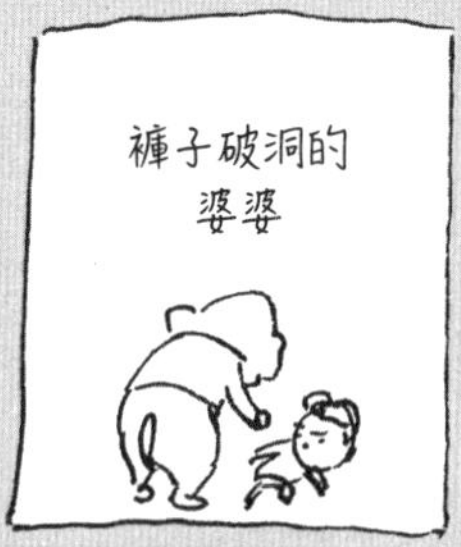

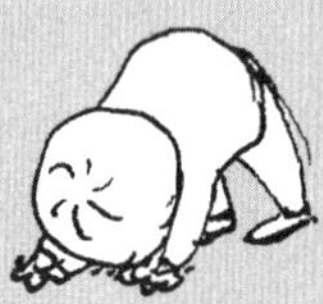

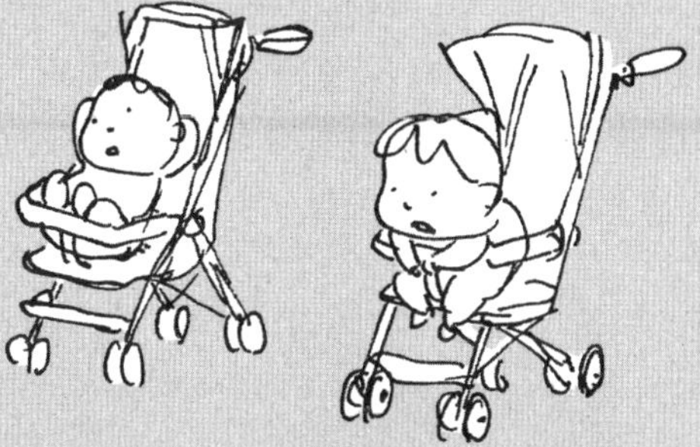

看～
嶄新的跳法。

褲子破洞的
婆婆

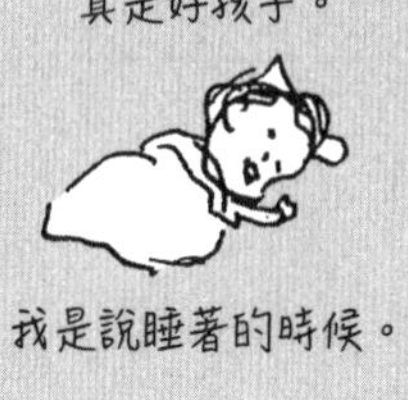
我家的孩子
真是好孩子。

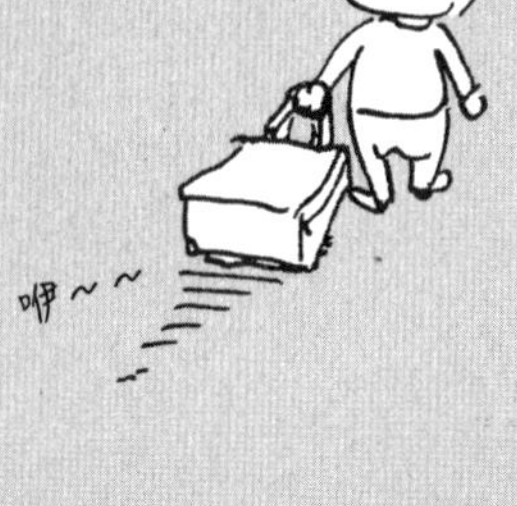

我是說睡著的時候。

咿～～

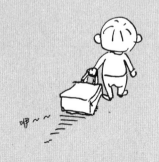

媽咪，
不要激動、
不要激動啦～

你看！
可以拉這麼長呢！

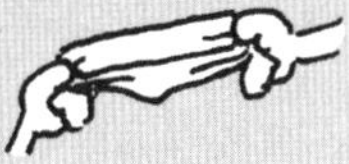

無論在哪裡
嘴裡都有零食。

我希望成為
這樣的人。

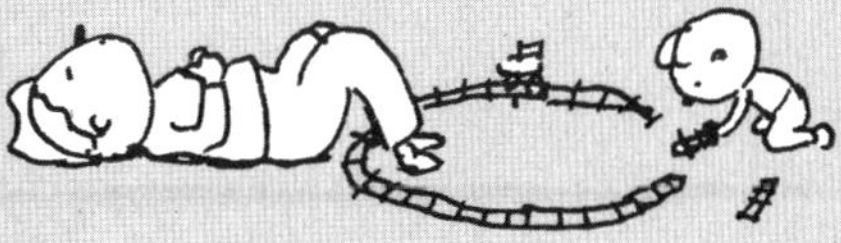

飛高高、
飛高高喔～

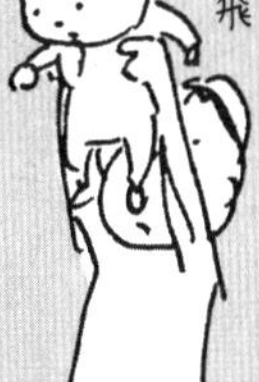

哇！這樣好舒服喔！

要下來嗎？
不要。

盤子！
用盤子接！
吃東西要用
盤子接住！

看來只能
多說幾次吧？
看來只能多說幾次了。
啾～啾～
啾～
對不起。
堆不齊（對不起）。

攻擊期

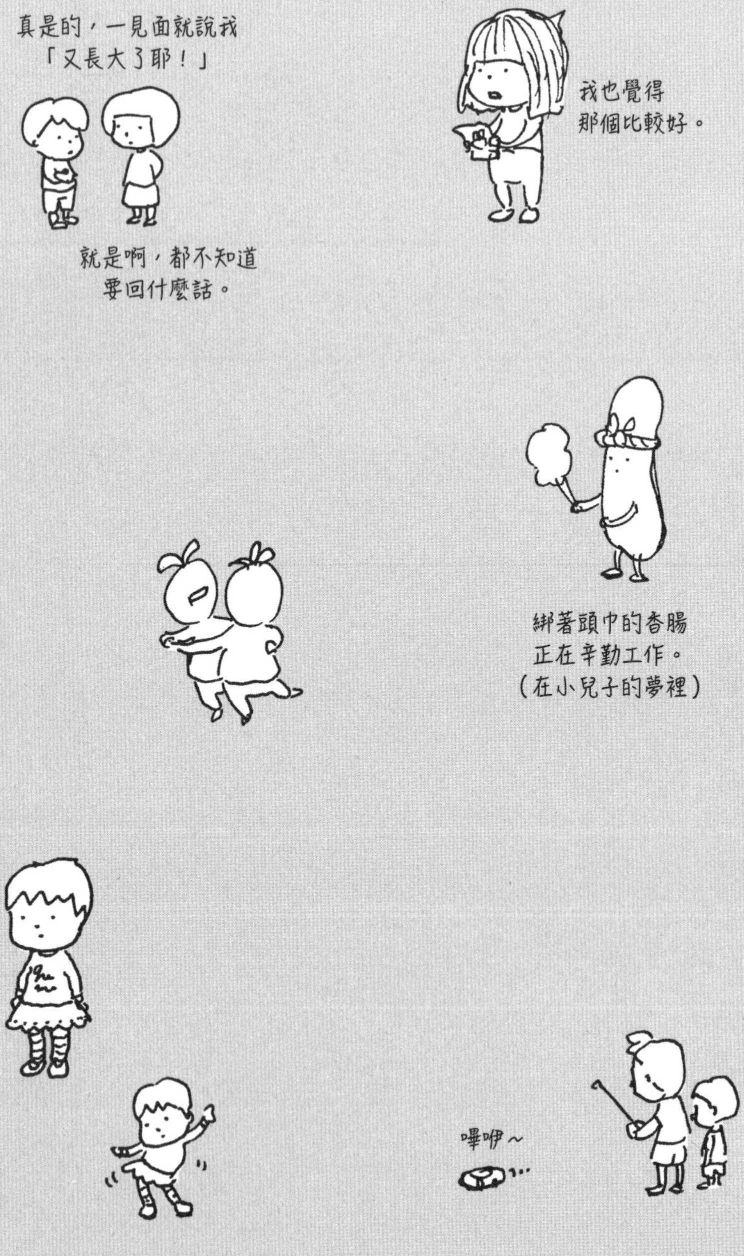
真是的，一見面就說我
「又長大了耶！」
就是啊，都不知道
要回什麼話。
我也覺得
那個比較好。
綁著頭巾的香腸
正在辛勤工作。
（在小兒子的夢裡）
嗶咿～

第3章

從早到晚，源源不絕的欲望

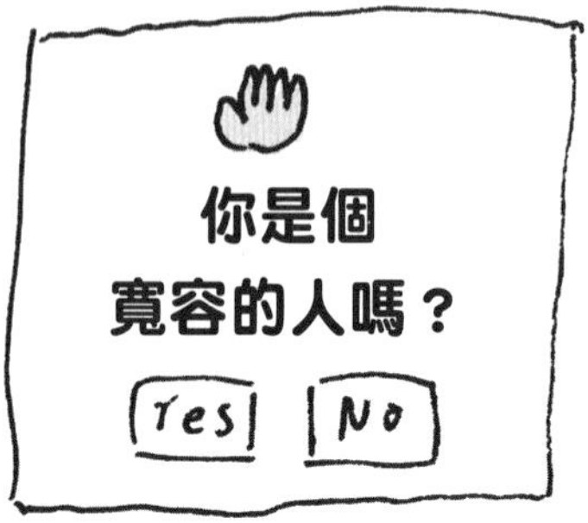

觀賞以下內容，請先備妥一顆寬容的心。

我覺得應該在所有網站加上下面這句警語。

觀賞以下內容，請先備妥一顆寬容的心。你是個寬容的人嗎？YES？NO？

前不久我忽然想到，假如像「您是否已滿十八歲」的警語一樣，先聲明自己是個心胸寬大的人再進入網站，這麼一來，人對自己看到的頁面，就不會留下太尖銳的意見了吧？當然，前提是受眾必須是能懂得這種幽默的人。

我這個人生性膽小，總是很害怕會被別人議論。

書本一開始也最好標註：「以下內容

觀賞以下內容，請先備妥一顆寬容的心。

若未具備寬容的心，請勿翻閱。」或者是：「若不了解創作本質請勿翻閱本書。」還有：「本書僅供具備閱讀能力的讀者欣賞。」要是可以加上像這種的提醒警語該有多好。

如果有人來說什麼難聽話，就可以大方反駁，欸，你不是按了YES嗎？現在還抱怨什麼？難道你一開始點進來的時候說了謊？其實這就是一種出於膽小的發明。

錯誤有兩種。

最好能改掉的錯誤，
不改也無妨的錯誤。

錯誤有兩種。

最好能改掉的錯誤，和不改也無妨的錯誤。感覺自己說得挺有道理的。

有些時候正因為錯誤才能完成一件事，或是才能看出一個人的個性。所以我隱約覺得，有些錯誤不改掉應該也無所謂。

既然知道有些地方自己已經改不掉了，那索性當成自己的特色吧，不改掉反而比較有自我風格。

但問題出在，該改或不該改，到底要由誰來決定？

沒有人能知道一切的正確答案，大家或多或少都會犯錯。

這件事之所以如此困難，是因為錯誤分為該改的、不用改的，還有改不了的。

漸漸了解這其中的差異，或許就是成為大人的過程吧！

啊啊——

好煩、好煩啊！

走！

快走！

現在馬上離開那個地方！

啊啊——好煩、好煩啊！走！快走！現在馬上離開那個地方！

這幅圖畫的是我自己。想想當時應該被逼得很緊吧！

我在家裡工作，經常會覺得情緒很容易緊繃，這種時候我會盡量外出散步或者騎騎腳踏車，改變一下環境。

人的身體其實很單純，環境一改變，就會開始接收其他資訊，比較容易讓情緒恢復平靜，之前也常聽到類似的說法呢！

在外面職場上可能沒這麼容易想外出就外出，不過如果想轉換一下心情，不妨試著認真想像，自己如何能暫時在實際上，或精神上逃離現場，我覺得這種練習還挺重要的。

可以失敗到什麼程度呢？

我從小就經常擔心，人活在世上是不是不能做這種事？這麼做是不是會被罵？

直到現在我也幾乎天天在想，這樣做別人會不會生氣？人家是不是會怪罪我？其實說穿了，我就是個害怕失敗的人。

不過這種心情，不管大人小孩應該都一樣。

我希望告訴自己的孩子或朋友，失敗了沒關係，也很希望有人能這麼對我說。

有時候我也覺得，要是一直擔心失敗就什麼都做不成，不如做了再說。但說老實話，這種時候如果一開始能問負責人：「那個，請問……我可以失敗到什麼程度呢？」心裡一定能輕鬆不少。

如果是我，多了這道手續就能多出不少勇氣，也可以獲得片刻寧靜。

「失敗到這個程度也不會有人生氣喔，放膽去做不要緊。」不管做什麼事，真希望能事前聽到這些話。

想要你的一部分，

並不需要全部。

想要你的一部分，

並不需要全部。

這不是不好的意思喔！

拿工作來比喻，我希望從插畫家身上獲得的是插畫，並不是插畫家本人。

這幅畫所描繪的是鮪魚。當我想要吃鮪魚的時候，並不想吃鮪魚的魚頭，我只想要鮪魚最好吃的那個部分。

如果有人想吃一隻大魚，通常不會全吃，只會吃他想吃的部分，這聽來非常理所當然，可是如果正式化為文字寫下來，聽起來就好像在嫌棄對方一樣，實在很不可思議。

跟男女朋友交往時，一開始並不會想要對方的全部。不過交往之後想要的範圍漸漸擴大，起初只想要一小部分，如果慢慢覺得這個人其他部分也不賴，就會走向結婚之路。

專家拍的照片在雜誌等媒體上刊載時都需要裁剪，只放上照片中最想要的畫面，裁掉不需要的部分。

我從以前就經常想像，跟一個人交往、結婚，長長久久一起生活，就好像是在把這裁剪的外框慢慢放大。

當我太太開口提議交往時，我還沒有那麼喜歡她，但是我卻感受到將來這個裁剪外框，很可能會逐漸往外擴大。現在我或許只看到一小部分，可是將來這個外框可能會愈來愈大，最後或許可以大到在房間裡放上一張完整的照片。當時我也有告訴她這種「雖然現在的外框還不大」的想法，但她好像一點都沒聽懂（笑）。

在職場也是。明明只是工作上的關係，有人卻總是企圖認識合作對象完整的人格。

畢竟只是工作，只需要有工作上的接觸就行，如果這方面沒太大的問題，哪怕對方要酗酒或賭博其實都無所謂，只要工作能順利推進就好，但有人會希望認識對方的完整人格，就很容易失敗或者出現爭執。

所以說，一開始雙方最好可以對這條規則有共識。

不管任何人，其實別人需要之處只會是一小部分。有可能是勞動力、長相、體能，或者腦力，需求各有不同。不過，哪怕只有一小部分，只要有人需要，我覺得都是一件很幸福的事。況且之後對方需要的部分還有可能繼續增加呢！難道我們不能用正面一點的心情來看待嗎？

我想要你的一部分，並不需要全部。反過來說，我並不是不想要你的全部，而是很需要你的一部分。換個角度來看，其實一個人本來就不該被旁人以偏概全，用同一種標準來判斷。

我覺得很多人做事都忽略了這個大前提。聽到別人說：「我只需要你的一部分」時，希望我們都可以馬上轉念，覺得「原來有人需要我的一部分，真是幸福！」

想吃鮪魚的人只想吃最好吃的部位，並不需要魚頭跟魚尾，這一點要謹記在心。

所有的死，

不是太早就是太晚。

所有的死

不是太早就是太晚。

真的就是這樣。好像沒有時機剛剛好的死，通常不是太早就是太晚。來得太遲的死也不少。

我說這種話一定會有很多人不高興，不過，其實人的生死，本來就無法盡如人意啊！

超喜歡可能變成超討厭，

所以請保持一點點喜歡的狀態。

超喜歡可能變成超討厭，所以請保持一點點喜歡的狀態。

這是人性的弱點。只有一點點喜歡，這是最能維持近距離長久相處的關係吧！萬一不小心結了婚，之後可能得面對離婚等一大堆麻煩事，想了反而覺得害怕。我想大家應該都有過這種猶豫吧！

我發現非常喜歡的心情，很有可能會轉變成由愛生恨，往相反方向切換一百八十度。站在創作者的角度來想，愈是受到讚美，我也愈是不安。

音樂創作人也一樣，一旦誕生了最高

傑作，彷彿就有一種「這個人就到此為止了」的感覺。儘管能夠創作出這種作品的人屈指可數，就算要成為所謂「一片歌手」也沒那麼簡單，但人們還是免不了會有這種想法。

正因為成為主流，所以有很多人僅僅因為是「主流」而討厭，我自己也是一樣。作品暢銷固然令人開心，但是想想長遠的以後，其實也很令人害怕。

所以我任性地覺得，讓人覺得「也說不上來，但就是有點喜歡」的程度，應該最能受到長久支持吧！

從生意的角度看來，一個賣零食的店家，零食是他們的商品，演藝人員本身也是一種商品。販賣「商品」維生的人，工作目的就在於讓消費者「喜歡」這些商品。不只是戀愛，這世界上幾乎所有東西，都希望「受人喜愛」。

這麼一想，就很能理解為什麼大家都那麼嚮往所謂的「招牌商品」。

記憶模模糊糊。
模模和糊糊

做事馬馬虎虎。
馬馬和虎虎

這是我最近很喜歡的題材。記憶模模糊糊，模模和糊糊。聽起來好可愛啊！

不覺得或許可以畫出一本繪本嗎？

模模和糊糊兩個人，記憶力都不是太好，總是模模糊糊。

另外有馬馬和虎虎兩位大叔，只要碰上任何不想面對的事，就會開始打馬虎眼不願意面對。

所謂「試著想一想」
就類似「試著放個屁吧」
是無法強迫別人這麼做的，因為這種事
「只有對方想做的時候才辦得到。」

畫繪本

的時候由於讀者是兒童，似乎總會被要求必須畫些足以發人深省，鍛鍊想像力之類的內容。

但說實在的，我們本來就無法強迫別人思考，思考應該是一個人自主進行的行為，假如自己頭腦還沒有準備好，別人再怎麼逼迫也沒有用。

這到底像什麼呢？仔細想想其實就跟放屁一樣啊！

放屁這件事，別人要你放，你不見得放得出來，想放的時候就算要你別放也阻止不了。思考、想像，其實也是一種身體的生理作用，只是看了點繪本，怎麼可能這麼簡單就觸發人去思考或想像呢？啊，這跟放屁真的很像。

反過來說，有時我們明明不想思考，卻還是忍不住思考起來，這就跟不想放屁還是放了屁一樣，也就是說，要畫出發人深省的內容，就跟讓人容易放屁這種說法一樣荒謬。

希望人能放屁之前，首先得讓對方攝取相應的食物，同樣的道理，希望人思考，也應該從不同方向下手。要放出好屁必須先有規律生活，在沒有其他人的地方可以盡情地放，不該放的地方就稍微忍耐一下。

思考也是如此，我覺得跟嘗試放屁的途徑其實很像。

沒有選擇我，

那你最好先有心理準備，
總有一天會後悔的。

沒有

選擇我，那你最好先有心理準備，總有一天會後悔的。這句話是狗說的，不是我。（笑）

我平常不太畫狗，會畫出這種跟平常完全不同的角色，顯然有某些讓我很想跟畫中角色保持距離的原因。畫這幅畫的時候，可能對於自己沒有被選上感到強烈的憤怒吧！但我現在已經不記得了，就跟46頁的外星人一樣。

愈是這種時候，愈是想畫可愛的東西，因為想靠可愛的外表來掩飾自己。

如果不能
肯定自己，

至少希望可以
否定別人。

想被稱讚。
↓
不希望被罵。

希望自己被肯定。
↓
希望去否定別人。

我覺得

人應該都有獲得肯定的欲望。

現在的社會有種風潮，假如無法肯定自己，至少希望能否定別人。當自己身上沒有任何值得誇耀的地方時，不如大家一起去攻擊那些行事偏離自己心中正義標準的人，求個痛快。

在人心根源之處，確實有希望自己獲得肯定的欲望，但是這種欲望往往很難被滿足。

所以大家都拚命思考，怎麼樣才能讓人「點讚」，怎麼樣才能贏得別人的讚美，怎麼樣才能受歡迎。不過當這些

與其說想看到別人開心，其實只是不想看別人生氣而已。

都無法順心如意時，人很容易產生「那不然去否定其他人好了」的念頭。

假如無法獲得稱讚，其實也可以主動去讚美別人，但是會這麼做的人並不多。想想也真是奇怪。

希望自己獲得肯定的心情我很能理解，因為大家或多或少都是這樣，而無法如願時，為什麼得靠否定他人來當作滿足自己的方法呢？

我不是不能理解，但也覺得很不可思議。

同理可證。

想看到別人開心的表情，跟不想看到生氣的臉，是不是隱約也有著一點關聯性呢？為了求得自己內心的平穩，有人試圖讓對方開心，有人努力不讓對方生氣，方法雖然剛好相反，不過似乎都來自一樣的源頭。

我自己小時候似乎也經常處於「想獲得母親稱讚」以及「設法不要被罵」這兩種心情之間，時而混淆、時而誤解地慢慢成長。明明媽媽一點也不可怕。

漸漸地，想獲得稱讚的心情變成不想被罵的念頭。一開始的起點本來是希望獲得肯定，但是卻變成「不想被否定」。有時候還更嚴重，發展為想去否定別人。

希望獲得稱讚和不想被責罵，明明是完全不同的兩件事，可是卻源自同一顆心，這種現象真是耐人尋味。

北歐人
都嚮往什麼樣的
生活呢？

北歐人都嚮往什麼樣的生活呢？

有些人很嚮往北歐的生活方式，雜誌上也可以看到諸如瑞典特輯之類的主題，但我不禁好奇，那些被人嚮往的人，心裡又嚮往著什麼呢？

就好比說按摩店的人，他們是不是也會請別人幫自己按摩？

或許這個世界上，也有一群心中並不存在「嚮往」這個概念的人吧！

但是這又讓我產生一個新的疑問：假如真有這種人存在，我能跟這種人當朋友嗎？

「工作就是愛」
聽來煞有介事，
但如果說「愛就是工作」
就很有可能被白眼。

語言中有很多
不能「逆向胡鬧」的部分。

「工作就是愛」

聽來煞有介事，但如果說「愛就是工作」就很有可能被白眼。語言中有很多不能「逆向胡鬧」的部分。

假如告訴大家要懷抱著愛來面對工作，聽起來很像商管書的內容，基本上沒什麼問題，但若換個說法，主張「愛其實就跟工作沒兩樣」，一定馬上會引發一陣鼓譟。

有些聽來很好的說法或者比喻，換個方向就行不通了。有些文句不適合拿來開玩笑或取笑，而且這類語言好像漸漸變多了。

不過語言本來就沒那麼精確，反過來利用這種隨興，我想也很需要努力將重要的事，以「荒唐有趣」的方式表現出來。

話是這麼說啦～

不過呢……

這應該是完全沒有靈感的時候畫的吧！

覺得痛苦的時候，我會畫下當時痛苦的心情，這樣可以轉移自己的注意力。

把這個逃避的方法推薦給大家。

不想知道的事，是不是可以一直不知道呢？

不想知道的事，是不是可以一直不知道呢？

我是個非常脆弱的人，所以不太敢看戰記之類的書。我雖然知道很多人在戰爭時吃盡苦頭，也多虧了這些人我們才有今天，但是那些手記描述的內容實在太催淚了，每次讀了心情都會很低落，讓我不太敢看。

但同時我也不禁會想，對這些人事物一無所知，這樣真的好嗎？我很清楚知道，我的體力並不足以支撐自己天天去接觸這些資訊，那麼作為一個對於「知道事實」沒有做好心理準備的人，又該怎麼辦才好呢？我心裡其實一直有股淡淡的罪惡感。

如果說這個世界上確實有非知道不可的事，那麼一直逃避這些事的人該怎麼辦呢？我又忍不住想，這些人該受到什麼的懲罰呢？

當然我也知道，最好的方式應該是在得知這些該知道的事實後，學會開朗、積極地往前走。

我每天都過著無憂無慮的日子，但是很多人——例如犯罪被害人，明明沒有任何罪過，卻無法笑著開懷度日。

這些人無端被捲入我們無法接觸的世界，我有時候會思考自己該如何看待他們，但有時候又會逃避面對他們。心裡對於這種人一直有某種罪惡感，還有對於自己視而不見的愧疚感。

但是我最近察覺，可能也有很多事情，必須在不知道事實的前提下，才有辦法做到。既然如此，那麼只要努力完成因為無知，才能完成的事就行了。

以前我接過一個跟失智症相關的插畫工作，始終畫不好。因為我自己曾經因為親戚的失智症，有過一些辛苦的經驗。於是被自己過去的經驗所牽絆，直到最後都無法完成這份工作上該提出的「有趣建議」。

我也寫過關於「死亡」的書，因為我自己關於死亡，還沒有過太多難過的經驗，所以才能保持距離，提出建議。

也就是說，假如在某個領域有過相當辛苦的經驗，這些經驗往往會反過來成為絆腳石，下意識認為「現實並非如此」，讓字裡行間充滿消極，猶豫卻步，不敢貿然提出不負責任的提案。

經驗不見得對任何事都是加分。

正因為不知道，所以可以提出不負責任的建議，實際上也確實有些身處其中的人，因為這些不負責任的建議獲得救贖。反過來說，很多時候正是因為變成身處其中的人，有過實際經驗，反而綁手綁腳、無法施展。

創作時事前的調查採訪非常重要，很多事都是因為在現場有過經驗，所以才能了解、才有立場發言，但同樣地，說不定也有因為經歷過，所以難以啟齒的事，特別是要發想靈感，或者將事情轉化為笑料時，其實這些事前調查採訪很可能成為阻礙。

從我過去的經驗之中發現，站在這個角度來看，有些事或許不知道比較好。

但話說回來，還是得講究平衡，最大的前提是「不傷害人」，只能說「因情況而異」了吧！

不要走啊！
我的亢奮！

回來啊！我的亢奮！
請不要離開我。

不要走啊！

我的亢奮！這句話大家聽了應該很好奇吧！

其實我是在吶喊，回來啊！我的亢奮！請不要離開我。

上了年紀之後，肉體上愈來愈不容易激動亢奮，這一幕確實跟我的生活很貼切。

以前會覺得小鹿亂撞，或興奮雀躍的事，再也感受不到悸動。自己「亢奮」或「驚訝」的心情也隨著年紀逐年減弱，想想真是可怕。

希望我可以成為一個
運用重力轉向的人。

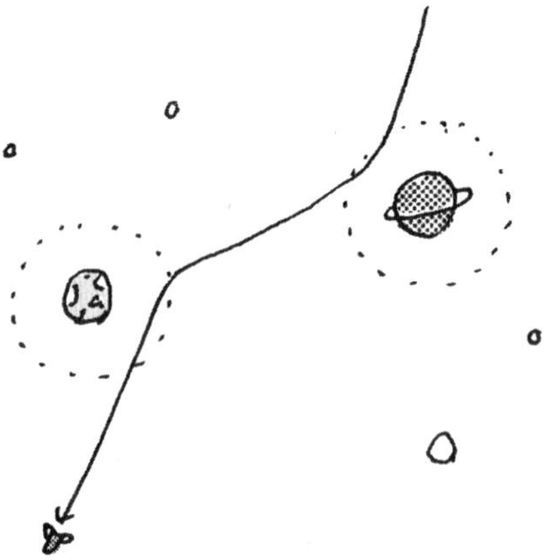

可以利用別人的引力
飛到很遠的地方。

大家知道什麼是重力轉向嗎？

這是一種當太空探測器等飛行器航行到遠處時，先運用月亮或行星的重力來牽引，在快撞上之前，運用那股速度來提昇自己速度的方法。我不禁打起如意算盤，假如人生也能有這種重力轉向，不知該有多好。

遇到具備強大引力的人，或者精彩的想法，如果不會受其吸引無法回歸，反而是能好好運用這些引力，轉化為自己的加速度，這種人生一定很理想吧！

我希望可以活得不迷失自己的軌跡、不受他人引力所影響，甚至可以將其轉化為自己的力量。不過聽說實際上的重力轉向，如果跟行星之間的角度稍有差錯就會失敗，看來要「利用別人的力量」，終究不是件容易的事呢！

目前為止最不希望迎接的明天，是什麼樣的日子？

這就是這篇的題目。

目前為止最不希望迎接的明天，是什麼樣的日子？大家一起來發表吧！

每個人都有過這種經驗吧？某一天，真希望明天不要來。但是再怎麼討厭，明天還是會來。換句話說，有受到我們期待的明天，也有不受期待的明天。而不管是什麼樣的明天，都還緊接著有後天。

拿這個問題去問不同的人，有些人不想透露，也有些人相當興致勃勃：「喔！我跟你說！」每個人的態度都不一樣。那我自己屬於哪一種呢？想到這裡我忽然覺得胸口一緊，那感覺很像截稿日前的心情。

我念大學時曾經創作過立體作品。畢業時在許多地方公開展示過，有一天，我接到電視台打來的電話，邀請我參加節目《阿武的人人都是畢卡索》。這是由北野武先生擔任主持人，邀請許多藝術家來介紹自己作品的節目，現在已經停播了。

當時我心想：「不會吧？」錄影那天，剛好是我已經接獲錄取通知的公司迎新典禮，不能不去。我猶豫了許久，對雙方都給了正面的回應，但是，終於來到得做出抉擇的晚上，明天一定要正式回覆。

我很討厭那個晚上。我希望能做自己喜歡的事，也知道有人對自己的作品感興趣，我也清楚並不是上電視之後就從此一帆風順、得以靠自己的喜好維生。當然啦，不實際試一次也不會知道結果，可是比起上電視，剛出社會是不是先多學點社會常識比較好？我心裡有許多糾結。

最後那天我選擇去了迎新典禮，在典禮上練習怎麼說「謝謝光臨」等待客的禮儀，我不經意看到時鐘，剛好是節目收錄的時間。那時的我心裡依然很煩惱，不確定自己的決定到底正不正確，但還是跟著約莫百人的新進員工，一起練習怎麼鞠躬說出「非常抱歉，打擾您」之類的句子。

而人生中凡走過必會留下痕跡，那些經驗讓我現在能夠畫出這樣的作品，人生經驗會帶給我們什麼收穫，真的很難預料。我不知道如果當時沒有參加迎新典禮，而去上了電視，現在的自己會是什麼樣子，但至少現在能夠這樣創作、出書，對我來說是件很開心、很愉快的事。

那天夜晚，我不知道未來有什麼在等著我，但是強烈地希望明天不要來，而當時的那種感覺，現在也已經成為我面臨抉擇、必須痛下決心時的基礎之一。

我們都在無數次類似經歷中漸漸成長，而這些「不希望明天到來」的日子，就像一個個重要的轉捩點，我想，不忘記這種日子的心情，對我們的成長來說也很重要，因此提筆畫了下來。

假如有人問各位這個問題，我想每個人心中也都會浮現某個特定的日子。這都會延伸出每個人不同的人生故事。這一天一定會成為之後決定人生方向的關鍵。

同樣的，生命中也會有期待明天到來的日子，或者是開心到無暇思考明天的日子，又或者是希望世界在此結束、再也不要有明天的日子，人就在這些反反覆覆之間，漸漸上了年紀。

而這種重要日子，和什麼也不想、睡意襲來便沈沈睡去的日子，無論是戲劇化的一天或是沒有任何起伏的一天，我希望儲備好相同的能量來面對。我希望這兩種日子在我眼中都具備相等的價值和趣味，像這樣的一張圖，或許能帶來一點幫助。

永遠要掌握
「對這個問題最不感興趣的人在想什麼」

這是我認為最需要重視，也最希望重視的一點。不管我畫任何主題，總是很在乎對這個問題最不感興趣的人會如何看待。對最不感興趣的人來說，什麼是最能打動他們的說法？什麼是最能讓他們眼睛一亮的視覺？我經常在思考這些問題。

假如只寫一些同溫層看了會高興的話，那絕對無法把影響擴散到「外層」去。

要讓最不感興趣的人也能覺得好奇，什麼說法才是最恰當的？任何訊息為了讓「最希望能接收到的人」確實接收到，都需要下一番不小的工夫。

否則就好像在朝會上提醒大家「不要遲到」一樣，畢竟遲到的人根本來不及參加朝會啊！

用話語來說明話語，

就像用黏土來呈現黏土一樣，
簡單來說就是不適合啦！

護手霜的外包裝，

會因為護手霜
變得滑溜溜。

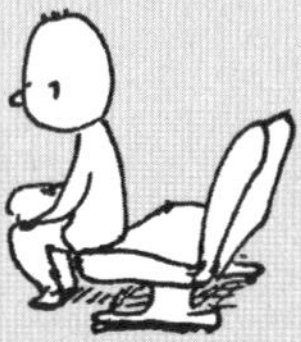

對創作來說，
自我滿足是起點，
也是終點。

轉了一圈後又回到原點。
說穿了，就是圓的周長問題。

觸摸世界的方法和
縮回手的方法。

地球人

真是小氣。

請告訴我有什麼是你
「花了10年投入的事」！

「性惡說」
比較讓人安心。

人性本惡，但是大家
居然都能忍耐或抑制，
真是了不起！

我有時間，

但沒心情。

累積幾種
小小的不安，

就能忽略
更大的不安。

我沒有維持
這個環境的決心，

但是也沒有
勇氣放棄。

我總是從這些洞裡窺探外面。
只要是這個洞能看到的事物，
我幾乎無所不知。

現在到底幸不幸福，

也不急著現在決定。

有關於「活該」的
正確使用方式，

全日本活該協會為您
提供以下的建議。

沒什麼好可惜，

一點都不可惜。

讚頌無知的人們。

這邊沒有愛，
但是有一點體貼。

尋求建議的對象，
出了點差錯。

買了。

堆了。

滿意了。

這次該怪罪
給誰好呢？

只有自己帶了
一堆行李的尷尬。

下意識地保護
受傷的部位，

心裡也總有
一塊下意識去保護
的地方。

哇——

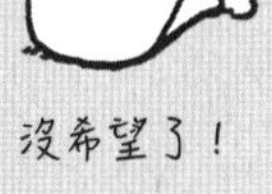

沒希望了！

對一切都覺得
厭煩的早上，

慢吞吞地走著。

特輯：訂購恥度
很高的東西。

該放心的不是你吧……

以前看不上眼的東西和

現在看不上眼的東西。

我喜歡在全家人
都回來後，

關上門、
鎖上門鏈。

練習放開緊握的拳頭。

所謂的幸福……
所謂的幸福……

就是在想睡的時候
睡得著。

這個月
真是辛苦大家了。

祝各位一切順心。

結語
各位覺得如何呢？
孤獨中年大叔的各種獨白。
到頭來跟「欲望」有關的只有一開始而已呢！
呵呵呵～
1.
說點題外話，有個「宮廟師傅」的故事我很喜歡。
一座寺廟有兩座形狀相同的塔，師傅接到廟方委託，修復其中一座。
？
新
舊
完成後廟方向師傅抱怨兩座塔的高度不同。
2.
……依照這個作法，五百年後兩座塔會是相同高度。
師傅這麼回答廟方。
第一次聽到這個傳說時我很感動。
師傅太厲害了！
帥～
但是幾年後我發現一件事。
3.

這個故事背後說不定還隱藏著其他可能。
糟了，搞錯尺寸了……
……算了，反正五百年後我也不在了。
說不定所謂「五百年」，其實是師傅情急之下隨口扯的謊。
果然！師傅太厲害了！
帥～
愛死你！
不管事實是哪一種，都是個好故事。
4.
我想說的是，遙遠未來的故事，總是讓人覺得充滿樂趣。
沒有人能證明，在遙遠的未來，這本書完全找不到半點價值。
5.
我每天就是這樣安撫自己，跟許許多多不同的欲望共同生活。
同時也對嶄新欲望的出現，寄予無限希望……
衷心感謝您，
一直讀到最後一頁。
6.

國家圖書館出版品預行編目資料

我超想要那個：吉竹伸介的智慧筆記 / 吉竹伸介作；
詹慕如譯 -- 初版 . -- 臺北市：三采文化，2021.9 --
面；公分 . --（風格圖文；52）

ISBN 978-957-658-618-7（平裝）

861.6　　110011481

suncolor 三采文化集團

風格圖文 52

我超想要那個

吉竹伸介的智慧筆記

作者｜吉竹伸介（Yoshitake Shinsunke）　譯者｜詹慕如
副總編輯｜蔡依如　責任編輯｜姜孟慧　版權經理｜劉契妙
美術主編｜藍秀婷　封面設計｜謝孃瑩　內頁提版｜謝孃瑩　美術編輯｜曾瓊慧

發行人｜張輝明　總編輯｜曾雅青　發行所｜三采文化股份有限公司
地址｜台北市內湖區瑞光路 513 巷 33 號 8 樓
傳訊｜TEL:8797-1234　FAX:8797-1688　網址｜www.suncolor.com.tw
郵政劃撥｜帳號：14319060　戶名：三采文化股份有限公司
本版發行｜2021 年 9 月 10 日　定價｜NT$360

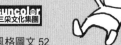